Une CASSEROLE sur la TÊTE

Texte : Alain M. Bergeron
Illustrations : Philippe Germain

À mon bon ami, Lucky Luc Durocher!
ALAIN M. BERGERON

Éditions
■SCHOLASTIC

Catalogage avant publication de Bibliothèque et Archives Canada
Bergeron, Alain M., 1957-, auteur
Une casserole sur la tête / Alain M. Bergeron ; illustrations de
Philippe Germain.
ISBN 978-1-4431-5347-8 (couverture souple)
I. Germain, Philippe, 1963-, illustrateur II. Titre.
PS8553.E67454C37 2016   jC843'.54   C2015-908631-0

Édition publiée par les Éditions Scholastic, 604, rue King Ouest, Toronto (Ontario)
M5V 1E1 Canada.

6 5 4 3 2 1   Imprimé au Canada   119   16 17 18 19 20

J'aime jouer au chevalier.
La cuisine est mon royaume.
Je suis Guillaume, le chevalier
de la table carrée!

Le roi me confie une mission.
Je dois libérer la princesse
et tuer le dragon.
N'écoutant que mon courage,
je tue la princesse et libère
le dragon.

Oups! C'était le contraire...
La reine proteste et m'envoie en prison.
Je suis condamné aux travaux forcés.
Ma mission étant terminée,
je peux retirer mon armure.
Oh non! J'ai un problème...
Mon casque est coincé!

Aïe! C'est plus facile à mettre qu'à enlever.

Je tire, je tire et je tire encore.

Ouille! On dirait que ma tête a enflé...

— Vite, maman, viens m'aider!

— Et si on essayait en dévissant? suggère-t-elle.

Zut! Ça ne bouge pas plus qu'avant!

Maman tire et tire encore!

Je crie et crie et crie encore!

Il ne reste plus qu'une solution : l'hôpital!
Dehors, c'est l'hiver. Il fait froid!
— Mets ta tuque, me dit papa.
Maman rigole.
Moi, je ne trouve pas ça drôle du tout.

À l'hôpital, nous attendons le docteur.
Des gens me regardent. Quel malheur!
Un monsieur qui a mal au ventre se tord
de rire.

Plus il rit, plus il a mal au ventre :

— Aïe! Ha! Ha! Aïe! Ha! Ha!

Gêné, j'enfonce ma tuque jusqu'au
menton.

Et le monsieur rit encore plus fort!

— Aïe! Aïe! Ha!

Ha! Ha!

Aïe! Aïe! Ha!

Ha! Ha!

Au micro, quelqu'un m'appelle.
Maman m'attrape par le manche
de la casserole. L'infirmière écoute
mon cœur et vérifie ma pression.

— Que faites-vous? Mon problème
est sur ma tête, voyons!

Le médecin demande à maman :
— A-t-il une grippe? Une otite?
Je réponds :
— Non... c'est... ça!
Il lève les yeux.
Et son rire éclate dans la pièce.

— Toc! Toc! Toc! Il y a quelqu'un? demande-t-il.

Je pleure.

— Non! Pas de piqûre!

Le médecin me rassure :

— Pas de piqûre, pas d'opération, mon garçon.

Comme maman, il tire et tire.
Et moi, je crie et crie!
Il tire et tire encore.
Et moi, je crie et crie encore!

Le médecin fouille dans ses livres.
Comment va-t-il me tirer de là?
Avec une scie à métaux?
Un ouvre-boîte?
De la... dynamite?
Non! Je ne veux pas exploser!

Soudain, le docteur a une idée :
il va consulter une spécialiste.
Il prend le téléphone.

Elle connaît un remède, elle : un peu de
savon à vaisselle! Quelques gouttes sous la
casserole. Deux ou trois autres sur le front.

Tout doucement, le docteur tire...
et tire... et tire... et puis...
— Youpi!

Avant de partir, le médecin veut savoir :

— Alors, Guillaume, comment est-ce arrivé?

— Je portais ma belle armure pour sauver la princesse.

— La casserole te servait de casque? demande-t-il.

— Oui! Je suis le fier chevalier de la table carrée! Je remets le casque sur ma tête pour lui montrer.

— Youpi!

— Oh non! Encore coincé!!!